差别诗丛

天上大雨

白木 著

中国青年出版社

白木 原名蒋学军，1983年出生于湖南。1996年开始写诗。年少游学四方，纵情于山水；青年支教滇东北，客尘于山水；中年入丛林阅藏，客居于山水。

差别诗丛

内部已千差万别

——"差别诗丛"6位诗人的精神地景

◎ 霍俊明

我喜欢来自于一代人内部的差异性。

王原君、杨碧薇、老刀、白木、泽婴、紫石这6位诗人唯一的共性就是都出生于上个世纪80年代。我想到杨碧薇小说《另类表达》中的一句话:"我做了很多凌乱的梦。我梦到八十年代了。"而我并不想把他们共同置放于"80后"这一器皿中来谈论——尽管这样谈论起来会比较便利,但是也同样容易招致别人的诟病——我只想谈谈他们作为"个体"的差异性的诗歌状貌。当然,这一"个体"不可能是外界和场域中的绝缘体,肯定会与整体性的当下诗歌语境、生存状况以及吊诡的社会现实情势联系在一起。他们的背后是山东、云南、湖南、安徽、内蒙古、陕西等一个个省份，而他们不一样的面影背后携带的则是个人渊薮以及这个年代的"怕"与"爱"——"二十四节气像二十四个／不同省份的姑娘／中秋大约来自山东"（王原君《中秋》）。

一

这6本诗集的推出得归功于王原君，实际上这个出版计划已经推迟了一段时间了。今年4月底，在北京去往江南的飞机上，刚一坐定，突然有人叫我的名字，抬头一看原来是王原君。下飞机分别前，我们再次谈到了这套诗集出版的事情。

王原君——"我有一把一九八三年的左轮手枪"。这是一本黑夜里的"灰色自传"。王原君原来用过另一个笔名麦岸，实际上我更喜欢麦岸这个名字。当时他从山东来北京没多久，2011年我读到了他的一本自印诗集《中国铁箱》——"搭乘今夜的小火车／我路过你们的城市与喘息／像天亮前消匿的露水／阳光，曾是我们共同的背景／但内部已千差万别"。火车、城市，已经成为这个时代最重要的媒介和空间，灰色或黑色的精神体验必然由这里生发。我喜欢"内部已千差万别"这句话，用它来做本文的题目也比较妥当。

王原君的诗人形象一度让我联想到一个落寞的"革命者"——更多是自我戏剧化和反讽的黑色腔调。王原君是同时代诗人中"历史意识"或确切地说是个人的历史化以及现实感非常突出的。这让我想到的是诗歌对于他这样的一个写作者意味着什么——"资本时代的救赎"（《北京情话》）、"连悠远的祖籍也丢了"（《冬至》）。这是历史在自我中的重新唤醒与再次激活。资本的、现实的、超验的、农耕的、速度的以及怀旧的、个人的、情欲的、批判的，都以不同的声部在诗歌中像白日梦一样纷至沓来。有时候读王原君的诗我会想起另一个山东诗人——江非。王原君的诗有力道，看起来并没有多少微言大义的晦涩，也并没有像同时代人那样浸淫于西方化缠绕怪异的意象森林，而更多是个人化的发声且不失尖锐，甚至有些诗是粗砺的、迅疾的、僭越的（比如"旗帜和尿布，产自同一厂房"），尽管王原君的诗不乏意象化和象征性，甚至有些诗从词语到意象都非常繁密——这建立于那些细微可感的生活场景和具有意味的历史细节之上。王原君很多的诗具有自忖性、争辩感，而二者都具有强烈的反讽精神。这既直接指向了自我体验，也直接捶打着现实与历史交替的砧板——而这一切都是经由那些简洁而不简单的语句说出。实际上诗人凭借的越少，反而更需要难度和综合性的写作能力。显然，王原君已经过了单纯借用"修辞"说话的写作过程。王原君的诗，我更感兴趣于"时代""历史"与"个人"不明就里或直接缠绕在一起的那部分——个人化的现实感和个人化的历史想象力。尤其是这一"个人化的历史"涉及到"身体""器官"以及更为隐私的体验和想象的时候就具有了不无强烈的戏剧性和存在的体温。这方面的代表作是《南方来信》《塑料旅店》《深夜的革命者》——穿越时间和空间的面影让人不免有错乱之感,但是这种并置显然也增加了诗歌的"现实"复杂性以及历史感。再进一步考量,我们可以将王原君的诗放置在整个中国的"北方"空间来考察,限于篇幅笔者在此不做具体阐释。这些诗既是生命的面影,也是现实的冷暖对应与内在转化。这样的诗就有了个体生命的温度,具备了历史与现实个人化相互打通的再度"发现"。与此相应,王原君的诗具有"互文"的对话性,他的诗中会叠加、复现那些各种各样的异域空间和人物——显然这是精神主体的对位过程。王原君的诗不乏日常与隐喻化的"爱"的能力(比如代表性的《我的低温女孩》《海的女儿》《我一再写下少女》《给一个女孩写信》《青春期》),这近乎本能性地还原了诗歌"青春期"的"个人"功能。与此同时我在更多的年轻写作者那里看到了他们集体地带有阴鸷面影地说"不",否定、批判甚或偏激有时候会天然地与青年联系在一起,但是也必须强调的是诗人不能滥用了"否定"的权利,甚至更不能偏狭地将其生成为雅罗米尔式的极端气味。实际上诗歌最难的在于知晓现实的残酷性还能继续说出"温暖"和"爱"。这让我想到的是亚当·扎加耶夫斯基的那首诗——"尝试赞美这残缺的世界"。

二

四月的蔷薇在医院的墙上盛开,这似乎是一个不小的悖论。杨碧薇在写作中的形象更像是俄罗斯套娃。实际上诗歌只是杨碧薇的一个侧面,她是一个在文学的诸多方面（甚至包括非文学的方面）都正在尝试的写作者。这是在不同类型的文本中对自我世界的差异性确认。杨碧薇自印过一本封面艳丽的诗集《诗摇滚》，这恰好暗合了我这样一个旁观者对她的诗歌印象，尽管在湘西沈从文的老家见过面，但基本上没有任何交流。《诗摇滚》的封二、封三和封底都是她形形色色的照片。那么这对应于诗歌文本中的哪一个杨碧薇呢？——"整日整夜打架子鼓，祈愿爆破生活，／用自我反对，来承认自己。"杨碧薇是基督徒，这种精神主体也对应于她的写作吗（比如她的硕士论文研究的就是穆旦的写作与基督教的关系）？由此，"流奶与蜜之地"也是这个诗人所探询与感喟的。

  云南尤其是昭通近些年盛产出了很多优秀的年轻诗人，甚至其中不乏个性极其突出而令人侧目的诗人。杨碧薇，就是其中一个，而且她的名气在业界已经不小。前不久在鲁迅文学院和敬文东一起上课，饭间他半开玩笑地说自己现在很有名是因为很多人知道自己是杨碧薇的老师。杨碧薇是一个在现实生活版图中流动性比较强的人，这种流动性也对应于她不同空间的写作。从云南到广西、到海南、再到北京，一定程度上从经验的开阔度而言对于诗歌写作是有益的——青春期的日记体写作以及精神成人的淬炼过程。阅读她的诗，最深的体会是她好像是一个一直在生活和诗歌中行走而难以停顿、歇脚的人。杨碧薇是一个有文学异禀的写作者。2015年她还获得了一个"地下"诗歌艺术奖。对于这个奖我不太清楚来由，但是"地下"显然是这个时代已经久违的词。或者说"地下""先锋""民间""独立"在这个时代仍然还被稀稀落落地提及，但是已经物是人非、面目全非——而酒精和摇滚乐以及诗歌中那些面目模糊的"地下青年"更多的时候已经被置换成了后现代装置艺术的一个碎片或道具。试图成为广场上振臂一呼而应者云集的精英或者在文学自身革命的道路上成为马前卒都有些近乎前朝旧事和痴人说梦。而正是由此不堪的"先锋"境遇出发，真正的写作者才显得更为重要和难得。一定程度上，杨碧薇是他们那一代人当中的"先锋"，起码在写作的尝试以及写作者的姿态上而言是如此。这一"先锋性"尽管同样具有异端、怪异、少数人的色彩，但是杨碧薇也承担了一个走出"故乡"后重新返观自我和故地的"地方观察者"，尴尬与困境同样在她这里现身——"别处的暮色比故乡大"。"只想在诗里提出问题，那些在时代的瞬息万变中，被轻而易举地湮没的问题"，从这点上来说，诗人就是不折不扣的"问题青年"。我们不要奢望诗人去用行动解决社会问题——诗人在世俗的一面往往不及格，他们更重要的责任在于"提出问题"。

杨碧薇的诗长于繁密的叙述，其诗大胆、果断、逆行，也有难得的自省能力，她能够做到"一竿子捅到底"——无论是在价值判断上还是在诗歌技术层面。她敢于撕裂世相也敢于自剖内视，而后者则更为不易。我喜欢杨碧薇诗歌中的那份"不洁"——但是极其可悲的是诗歌中的"不洁"在阅读者和评论家那里很容易将之直接对应于写作者本人。这种可悲的惯性几乎成了当代中国特色的阅读史。女性写作很容易走向两个极端。一个极端是小家子气，小心情、小感受的磨磨唧唧且自我流连，甚或把自己扮演成冰清玉洁纤尘不染的玉女、圣女、童话女主角般的绝缘体；另一个极端就是充满了戾气、匪气、脾气、癖气、阴鸷、浊腐之气的尖利、刻薄与偏执。女性诗歌具有自我清洗和道德自律的功能与倾向，这也是写作中的一个不可避免且具有合理性的路径，但是对于没有"杂质""颗粒""摩擦"和"龃龉"的"洁癖诗"我一直心存疑虑，甚至一定程度上它们是可疑的。由此我喜欢杨碧薇诗歌中的那些"杂质""颗粒""矛盾""不洁"甚至"偏执""放任"。但是，反过来这种"不洁"和"杂质"必须是在诗歌文本之内才具有合理性，更不能将之放大为极端的倾向。杨碧薇具有写作长诗和组诗的综合能力，对于青年诗人来说这意味着成熟的速度和写作前景。而杨碧薇的长诗《妓》还被人改写成小说在"颓荡"微信上连载。这种写作的互文性不无意义，至于达到什么样的文学水准则是另一回事。在杨碧薇的诗里我看到了一个个碎片，而她一直以来只在重复着做一件事——将一些碎片彻底清除，将另一些碎片重新粘贴起来。

三

诗人有道，道成肉身，以气养鹤，或许这是另一个时代的朱耷或徐渭。这也许说的就是白木。但是，这也许正是一个"焚琴煮鹤"的时代！

我很喜欢白木诗集的名字——《天上大雨》。

这自天而降之物直接对应了人作为万物之一与空间的本能性关系。而该诗集开篇第一首诗的第一句就是"雨落大佛顶",自然之物又具有了人的重新观照和精神的淬洗。实际上,诗歌中的"神性"不仅在当下是睽违的词,而且在一个后工业时代谈论神性多少显得如此不合时宜、令人不解。而从诗歌内部来说,"神性"如果不能真正转化为内心的精神自我就很容易成为极端高蹈自溺的危险——这是同样一种"语言的世故"。但是,具体到白木而言,诗歌已经成为他精神修习的淬炼过程。正如他的诗句所昭示的一样,"诗人应当学会乘鹤"。那么"佛""寺院""教堂""山水"作为重要的精神场域在他的诗歌中就具有了合理性和可信度。当然从美学上考量这一类型的诗是否具有有效性则是另一回事。白木这些与此相应的极其俭省的"小诗"让我想到的是佛偈,是因果、轮回、生死、幻化、挂碍和了悟的纠结。但这样的诗无论是从这一类型的诗歌传统来说还是从诗人所应具备的特异能力来说其难度都是巨大的。白木的诗有生命体验,有玄想,有超验性。尤其是超验性通过借助什么样的诗歌内质和外化的手段来得以有效呈现是诗人要考量和自我检视的。由这一类型的诗歌继续推进和拓展,我们会注意到白木的很多诗都具有极其俭省和留白的意味,这是朴素,也是难度。一首诗的打开度既与诗人的语言有关,又与对诗歌本体的认知相通。白木的诗是直接与时间的应和、生死一瞬,草木一秋,有焦虑,有追问。在其诗中时间性、存在感的词语和场景的出现密度极高,甚至有的诗直接以"生命""死亡""时间""现世""来世""墓志铭"做题。值得细究的则是就时间向度来看白木的诗歌时间更多还是依从于农耕时代的时间法则，比如《立春之歌》《寒露之歌》《气候之歌》《立春》等这样的带有"传统节气"诗作。由此，白木的诗非常注意"心象"与外物"气象"的关系——这是精神呼吸的节奏和灵感调控方式。他的诗歌也更像是与"心象"对位、感应的"隐喻的森林"。自然之物作为意象群的主体部分频繁出现，这是一种不由自主对现代性的排斥使然。从一个当代诗人的写作主体和精神趋向来看，白木是一个居于语言的"老旧人物"，有山野之心，有超拔的格调，也有或隐或现的对惨厉历史与快速时代的不安与转身（比如《文明之歌》这样的文本）。无论是以"论"为题还是以"歌"作基调的系列诗作，白木仍然是对这一时间性命题的整体性加深与延续。白木的诗不乏孤愤之心，涉及到"故乡""回乡"时我感受到的是一颗现代人的如此分裂甚至撕裂的内心。

四

老刀的"皖中"地景与丧乱的背影——"雨水南来之夜，让人想起／一个目光游离的过客"。沉默、散漫、不宁、失神，漫不经心又满怀心事。这大体是十几年来老刀的写作状态。在80后一代诗人中老刀是我在阅读中较早接触的诗人，尽管至今并未谋面。进入一个诗人的文本会有诸多孔洞和缝隙，而老刀的诗除了让我们看到一个诗人的心路和情感状态以及与生命和时间指涉的诗歌状貌,还让我们目睹了文字中的暮色和阵雪以及泥泞中的"皖中大地"。

我比较感兴趣于诗人和空间之间的关系,这既可以细化为日常化的细节、场景和意象群体,也可以还原为写作者与地方性和时代空间之间的对话关系——即一个写作者如何在淮河以南和长江以北的江淮地区找到属于自我的发声装置并进行有效的再次发现甚至命名——比如他的组诗《皖中平原纪事》。尤其是在地方性焦灼和失语的城市化以及后工业时代,我在太多的诗人那里看到了一个个同样焦灼、尴尬的面影。那么,从诗歌的空间出发,老刀和他的"皖中"呈现的是同样的面影吗?这些面影是通过不同于其他写作者的何种修辞和观察角度呈现出来的?这样的问题似乎并不是针对老刀一个诗人的。在一个"故乡"丧乱的地图上——"大东南的平原上危机四伏",一个诗人不仅要在现实中完成度量,完成具体的日常化的地理变动(比如安徽、南京、杭州……),更要在文字中重新建立一个与之对应的特殊的精神空间和灵魂坐标。"雪落在对面的井台上"——这是一个略显寒冷、沉滞的空间,更多的关乎生存渊薮与当下的日常境遇和经验伦理,而不是曾经的另一个理想主义乡土诗人的幻象和"天鹅绝唱"。如果不被同一个空间的其他诗人的声音和腔调所遮掩,这就需要诗人在生存和历史的双重时间化视野中具备另一种"还原"的能力。老刀具备这一能力,但是也有着不可避免的"影响的焦虑"。诗人所怀念的那一部分应该有一定的"白日梦"质素——介于现实与梦之间的位置。老刀的诗歌大体是冷峻的,如刀置水、似冰在心,更多时候诗人在雪阵和冷彻中展现一个精神自我的无着境地——"邻居是本地的异乡人"。这就如一个青年的成长史,我们只是记住了"1993年的大雪",偶尔听到一个人的咳嗽声——这是时间和皖中大地的双重暗疾(代表性的是《伤感》一诗),"记忆满是灰色的田野"。在老刀的诗歌中总是隐隐约约出现落雪时刻沉沉暗的乡下、村庄、市镇和旷野,这成了不断拉扯的精神根系——"20年后//下午依旧与我亲切地打招呼/在小镇的路上偶遇"。老刀的诗中有不动声色的冷酷隐忍的部分,当这一部分降落在具体的生活场景之中,寓言和白日梦与现实夹杂在一起的时候那些意味就一言难尽了——"我正坐在一列开往江南的列车上"——儿时的江南不再,却到处是日常的"刽子手"。

五

日常的砧板之上,时间的流水之侧,谁为刀俎?

泽婴,写诗,写小说。每一个写作者都会在诗歌文本中重新寻找精神成长史以及自我的映像——"北方的鸟睡死在北方的寓言里/公元1983。"在漫长的雨季中,诗人披着一件已经被反复浇淋而发亮的雨披。有时候读泽婴的诗,我会不由自主地想起多年前某个人背后的呼和浩特以及北方广阔的风声。这是一种原发的精神呼应——"树叶落下/仰望天空/这是在北京开往呼和浩特的火车上/你不懂的／正如我没有想到／遥远的和过去的／光线在落叶的距离中做梦"。时代的火车所承载的是光阴，也是无法挽回的记忆碎片。

在泽婴的诗歌中我总是与那些秋冬时节的寒冷景象相遇。就我所看到的那些关于"节气"的诗歌，泽婴的组诗《二十四节气》是写得最好的——开阔而深邃，具有对时令和个体重新还原和重设的能力。我愿意把《夕像》这首诗看作泽婴诗歌写作的一个基点或者精神趋向的主调——"那不是整个村庄的叹息／仿佛你的叹息／你悄悄躲进山洞，好像真的消失／留下我在迷藏中寂寞地啜泣"。

泽婴早期的抒情短诗和片段有些像洛尔迦和海子式的谣曲。晚近时期泽婴诗歌的抒情性和叙述性非常突出，而泽婴的诗在叙述节奏上大抵是缓慢的，声调也不高，但是具有一种持续发声的能力。仿佛一只青蛙扔在凉水里，然后缓慢加热，直至最后让你感受到难以挣脱的困窘、窒息甚至生存和记忆的恐惧。慢慢到来的阵痛有时候比一针见血更难捱。泽婴的诗歌更像是一种极其耐心的劝说和诉说，既针对自我又指向他者。这样看来，泽婴的诗歌具有"信札"的功能。从外在来看，泽婴的很多诗直接处理"信札"的题材，或者直接以"书信"的形式来写作（比如《回信》《信笺》《一封信》《蓝信纸》）。诗歌对于泽婴而言就是"蓝信纸"。由此，我们看到更多的时候是诉说者和倾听者两者之间的纸上交流，有时候也会谈谈身边的天气、谈谈近日的状况和心情的潮汐，谈谈现实的苦雨、潺热以及人世的冷暖悲辛。我听到了一声声若有若无的叹息和感喟。当有些内容是"信札"所承载不了的,诗人就会用另一种语气来面对近乎无处不在但又无从着落的虚空和时间所带来的生命体验。

在泽婴的诗歌形象中我还经常会遇到一个"少女"和一个"少年",他们所对应的必然是一个人具体的情感经历、童年经验和记忆的光斑。与此同时,泽婴诗歌中的"孩子"也对应于主体的心象——精神化的亲昵、呵护、疼爱。诗歌就是记忆,这多少已经显得大而无当的话却未必不是真理之一——有时候"童年期"对诗人的影响要比普通人更甚。如今,在泽婴的诗歌中我渐渐目睹了惨厉而不惊的"中年之心"与"无奈之胃"。实际上我更喜欢泽婴诗歌里的那份淡然不争,这在当下几乎成了罕见之物。这样来说,诗歌所承担的就是劝慰的功能了。"白裙子上洗不掉的残色"正是生活的法则。在"记忆的线段上",在日常但是又必须小心翼翼而不无冷彻的人生路上,每个人都需要一个瞬间——被幸福和神眷顾的瞬间,而诗歌写作也属于这样的一个瞬间。

六

紫石,光看诗集名字《吻过月亮》就能大抵看到这是一个与很多女孩子一样怀有紫色的爱情童话之梦的诗人。诗歌成了诗人在现实与梦境、此岸和彼岸之间的摆渡。精神自我,爱的花园,午夜的星空,远方的来信,还有灰姑娘的不幸和眷顾,这似乎很容易成为一个女性诗人精神成长期的写作主题。

那么，紫石的诗是什么样的一番图景呢？带着这个疑问来看看她的诗吧！

对于女性写作而言，显然更容易成为围绕着"自我"向外发散的写作路径和精神向度。紫石的写作就是如此，有时候并不一定需要用"辽阔""宏大"的美学关键词来予以框定。女性写作更容易形成一种"微观"诗学，在那些细小的事物上更容易唤醒女性经验和诗意想象。这种特殊的"轻""细""小"又恰恰是女性诗歌传统的重要组成部分。而对于多年来的诗歌阅读经验和趣味而言，我更认可那种具体而微的写作方式——通过事物、细节、场景来说话来暗示来发现。由一系列微小的事物累积而成的正是女性精神的"蝴蝶效应"。由此，紫石的诗是关于精神主体的"小诗"，是舒缓但不乏张力的夜歌。但是紫石的这些"小诗"由诸多的孔洞和缝隙组成，里面可以容纳流水、细石、沙砾、清风和天空，可以容留一个悲欣参半的女性倒影——"我在灿烂的日子蜕变／向着初秋"。我想，就诗歌与个人在时间向度上的关联而言，这样的诗已经足够了。有时候，诗歌不一定与微言大义或者与"大道""正义"发生关联。"平静生活"的背后是什么？日常生活了无新意的复制与偶然的精神重临之间是什么关系？这是我在阅读紫石诗歌时的一个感受。诗歌就是内化于自我的精神呼吸方式，而女性则必然在其中寻找、铭记、回溯、确认、追挽、龃龉、宽恕或自我救赎，也有不解、悖论、否定和反讽构成的女性戏剧化自我。这是一株临岸的水仙，照映和对照成就的是女性精神主体的镜像。

七

6个人的诗读完,我正在炎热的北京街头步行回家。每次途经地坛公园我都会想到那个轮椅上的作家。那么,春去冬来,寒来暑往,生老病死,诗歌有什么用呢?多年来这个问题不断纠结着我。文章到此打住,我想到了王原君的一句诗——"天黑了,我们要自己照耀自己"。同样是黉夜般的背景,而泽婴给出的则是——"你的信里写:没有一支火把,最后不被熄灭。"也许,在现实的情势下每个人照亮自我的"光源"并不相同,但是也许正是彼此之间的差异性构成了我们这个时代的客观整体性参照中互相指涉的必不可少的部分。

"内部已千差万别",这不仅是我们的诗歌,也是我们的生活本身。

2016年7月,北京

目录

内部已千差万别
　　——"差别诗丛"6位诗人的精神
地景 / 霍俊明 /001

第一辑　野风吹野鹤

光对尘开 /002

心不可得 /003

一水分万河 /004

念佛场 /005

树下，还有什么样的水 /006

肉身 /007

山，变成雪山 /008

安东集 /009

时间将落到何方 /010

无人论 /011

把火苗赶下河面 /012

野风吹野鹤 /013

如果醒来 /014

光的顶点，雪花醒来 /015

流沙在寻找什么 /016

朴素论 /017

高空论 /018

水云论 /019

未来论 /020

流水论 /021

高山论 /022

良知论 /023

云水论 /024

红尘论 /025

洪荒论 /026

历史论 /027

时间论 /028

空间论 /029

文明论 /030

初始论 /031

本体论 /032

图像论 /033

深浅论 /034

生命论 /035

景象论 /036

现世论 /037

太阳论 /038

一分为二论 /040

五月论 /042

自然论 /043

辩证法 /044

诗人应当学会乘鹤 /045

第二辑　寂静之歌

天际之歌 /048

立春之歌 /049

梵音之歌 /050

文明之歌 /051
轻烟之歌 /052
知己之歌 /053
猜想之歌 /055
寂静之歌 /056
呼声之歌 /057
隐居之歌 /058
传阅之歌 /059
光辉之歌 /060
众相之歌 /061
幻化之歌 /062
霜白之歌 /063
寒露之歌 /064
双节之歌 /065
无意之歌 /066
无境之歌 /067
悲凉之歌 /068
悲悯之歌 /069
秋风之歌 /070
八月之歌 /071
新泽西的大雨 /072
传说之歌 /073
远方之歌 /074
气候之歌 /075
盛世之歌 /076
行吟之歌 /077
金币之歌 /078
封山之歌 /079

感动之歌 /080

痕迹之歌 /081

行人之歌 /082

孩子之歌 /083

行脚之歌 /084

杀生之歌 /085

无野之歌 /086

猜想之歌 /087

归属之歌 /088

第三辑　镜子中的雪景

元宵记事 /090

根 /091

在山中 /092

那一年 /093

无题 /094

起七 /095

问心 /096

沉默的舌头 /097

没有光，就发 /098

夜下山 /099

中东流水日记 /100

时间之歌 /101

声音之歌 /102

自然之歌 /103

荒芜之歌 /104

本能之歌 /105

无声之歌 /106

镜子中的雪景 /107

等待 /108

一个神经病的朋友 /109

立春 /110

道 /111

先知 /112

过年 /113

幻听 /114

回乡记 /115

幻觉 /116

让我一个人去看看卡夫卡 /117

北方的夏天 /118

守灵的眼睛 /119

我要用黄金炸开蔚蓝的天空 /120

我要进入一座岛屿 /121

风吹不出任何声音 /122

异域 /123

虚伪的人生 /124

第四辑　在空中

幻境 /126

残缺的墓园 /127

中元节 /128

剃度（一） /129

剃度（二） /130

在空中 /131

重 /132

靖边 /133

读朱耷 /134

麻风病 /135

记事 /136

罗马传说 /137

三五个人 /138

耶稣 /139

墓志铭 /140

疲倦 /142

行走 /143

看徐渭 /144

中秋月 /145

兑换 /146

战争过后 /147

深夜 /148

马头琴 /149

记忆 /150

第一辑

野风吹野鹤

光对尘开

雨落大佛顶

沙子满满
雨水空空

无人门上,继续——

2015.12.10

心不可得

大风捉山
我所在的寺院,冬天
总有雪。那么远的山,僧人们来来去去

最后仅余白与云。似乎在起腔
"南——
无香云盖菩萨摩诃萨"

2015.11.04

一水分万河

照破
枯岩,南方云来

水深入土地。寂寂灯亮。一半沙子跳入海中

2015.01.01

念佛场

生也念,死也念
一个蒲团,无常

(呼吸)

太阳在水里,太阳在火里。你看得见……你看不见……

2016.03.13

树下,还有什么样的水

光,长在叶子上
我们在沙子里走路,我们在岩石上停下

树下,还有什么样的水
可供忏悔

2016.2.22

肉身

那三步一拜啊,那大雄宝殿啊
我们行脚,行脚

入定——

大忏。天,天

2008.03.30

山，变成雪山

山里，是雪花与彩虹
桥在哪里？

墙里嵌进身影
海螺是海的眼睛，吹动山峰

颤音就越过巅峰，山，变成雪山。天边总有蓝色清
　澈见底

人世的爱。要么变成自然，要么形成信仰

2015.01.15

安东集

树梢红了,太阳落了
死者们不服

要求重新阅读。从头顶跌落的阳光
沉默
逃离水的形状

晶体般的空气,跃过呼吸。像一头大象站着倒立
深黑色的森林

我的心与大地的沉重,相互支撑

2013.09.26

时间将落到何方

岩石;群星
照亮节奏

时间将落到何方?一场雨后。指尖里

枯萎控制
尖叫

——水上的悬崖,已做好随时消失的声音

2010.11.30

无人论

谁?
——应该忏悔

某个山坡,某个半岛。听见
阳光融入流水,炮弹落满远方

2010.12.07

把火苗赶下河面

把火苗赶下河面
云朵变成食物
可以用手势看见很远很远的地方
因此。死亡旋转到天上——与上帝平行

2010.12.08

野风吹野鹤

野风吹野鹤

河州上
爱如彤云

几只没有穿衣服的白鸟
让我早早登记死亡的日期;用方框把时间圈起来

2010.12.09

如果醒来

雾霭中。陶与血的比例
密集人口急促飞行;学习对称哭声

让鸟儿受惊——在若干倒影中练习跳水
偌大的森林独缺一种绿色

灯火……荒芜。谁来主持污染

谁来修复野外
谁来清出空地

解剖刀发明显微镜
远行制造化石

黑色成山,白色成水
揭开沉默的水纹,石头的根原来是那么

辽阔

刻出寂静的细节,散发苍茫的甘凉与苦味
如果醒来?

你会亲吻土地的哪一部分——

2010.12.10

光的顶点,雪花醒来

翌日;卵石雕琢流水
饱满的云

那么单调,那么单调。就像一桩古老的心事
把波纹的公式

放在湖心——这是爱吗?简洁到
可以把天色刷白

放任

风静止;彩虹
那是太阳架的桥

围绕针尖

循环——你的肉体,我的童心
最后成一束

……——……光的顶点。——……雪花醒来

2010.11.25

流沙在寻找什么

草深，花骨在石像上面平静山谷的空虚
一只横笛，竖起

诅咒，穿越美好的蛊术
你属于我，不属于灯火

穿越光的内部

流沙在寻找什么？
把花香还给蝴蝶？

光与影的草地。落墨如云，三两点就生出鸟鸣
大地化为空气，变成越来越淡的清香

在空白处进入晨晓

2010.11.27

朴素论

朴素的烟火;谁在
呼吸声,跳跃声——谁在?

晨雾,金光。还有谁在——谁在
旷野

——能见到
军号的源头

悲剧的手臂紧抓大海的边缘
面对太阳的光滑

伪造感谢。请感谢笔直的祝福酿造惊雷
从土里冒出。

2010.11.29

高空论

秋天在纸上,太阳变成水
空气在哪?

一场雨来得那么恰到好处,可以让寒冷的漏洞
填补你的内心

或者换个说法,是已经适应屈服于平静的呼吸
这和平与冷战

在老码头上。谁在说着张力;春天是敌人
——这旧海滩落入谁的口袋;秋天是敌人

不停的变,不变
那些叙述的技巧,忽然潜入鼓鸣——变成悲悯在虚
　光上大起大落

2010.10.10

水云论

一群落叶随着风在逃遁
这世界的秋千；秋天

变成齿锯形的呼吸
慢慢削弱金色，红色，蓝色，棕色……无色

会长出八条腿加一对翅膀
然后允许磨去身上的野性

他们

沙漠空中飞，似乎是一朵洁白的花
时髦海上游艇跟章鱼成为拜把兄弟

谁也不敢轻松地说——
光年拥有什么形态，他的微笑与影子

是？

满天星光的味道
在一个小女孩眼里微弱震动着

2010.11.12

未来论

别再从死者身上索取语言
让他们安宁吧,让他们吃光残月,让他们吃光沉默
　的沙漏
很多很多年前

童年就注定是个湖泊,越来越远,最后在一个白点
　上使几亿消失

2010.11.15

流水论

公务员
古爪兽

世俗是一个起伏的象征
怀着加速的死亡

在地球上停留一段时间

那些相安无事的经济学——刑法
有着太多的文学细节描写手法

让陨石降落
初级语言里的诅咒

越简单就越严肃

当我还是个孩子
——就宁愿裸着身体,让悲剧装饰大海

2010.11.17

高山论

薄冰上,雪花滑行
要是多一点月光或纸条的重量

生命的经验就走向单一
——向着美好死亡

雾与树。迟早会醒来;保证夜就是夜
而不是黑暗的代号

在梦里不再被植入物质的无线电波
那样,蹲在石头上的火山口,就会找到克制流量
　　的爱人

抛出甜蜜的光泽

他们秘密的爱着,爱着
独特的替身……是种无法触及的孤独

2010.11.19

良知论

火;热
足迹藏着奇迹
草丛里的家庭妇女不安
让廉价的十字架项链知道——

"我懂得自爱,为了孩子情愿出卖……"

2010.11.18

云水论

繁简;宽松

秋天的透明保持着水盈盈的肌肤
不是吗?

蔚蓝已经成为一种余额;水上漂着
遥远的地震。不怕

壁虎尾巴
清脆的凝视——

大陆板块是否形成一门新的图纸学说
而阐述的一部分

很少延伸到网状的声音,让幼小的生命
变成巨大的孩子

他们……一直拥有让大地颤抖的心

2010.11.22

红尘论

我在竹节里找到锁骨
你可曾听到

关于前世,是一片蝴蝶蓝在空白处
紧系歌声——

尘土中,万年千载的爱应该用沉默描画;而不是言说
湖水挺出透明的阳具?

渗出一点点光
水平线啊……何时滑落

消磁的苍茫
变成白雪

低低压住走向
星星月亮的眼,就会目送我们的灵魂穿过肉体

2010.11.24

洪荒论

花瓣,是菱形还是圆形
这与当时的秩序

相关。两个栖居的人用相同的一个词打听世界

……爱

淡淡的星光是萤火虫的来世
天空中流溢的水

总会在每个人的想象中触动距离边界
与现世的恐慌无关,与惩戒无关

柔草,石缝;卡住永恒

仍在铭记

晴雪
带来
松香

美好的祈愿——本身就是光源;能抵达未知……

2010.08.19

历史论

抓住地平线
抓住刚刚跃起的白鹇

桥——藏起来；空地上预留轻盈的童年
狠慢的声音推开四周的光线

开始
从几粒飞沙中分辨世纪的时差

呼声。
省略。

明黄色的晚安
在嗓子内

有种真实的虚拟
——佛学的残暴巧妙地带动了内部战争的孤独

2010.05.14

时间论

小洋葱,大蒜头。细菌里的火光
遮住阴雨——高傲地

谈论一潭绿水的童年。颜色多少纯正啊
蘑菇云——慈悲心

蔚蓝的远方……最残忍的相爱已悄无声息地粉碎
　十字架

2010.05.08

空间论

松花,石粉
丰腴的鹿皮

顺风,顺水
旧石器被房产证买走,无名氏的记忆

——忽然在金字塔上悬浮。小小的洲居然如初日绽放

2010.05.21

文明论

夜色透明;骆驼们想着家
又是一夜风

掺着泥沙;如流水一般覆盖蓝色湖泊,白色岛屿
还有舞台剧

争相抵达——改写——小语种的可贵
把干净的心拣出来,什么是危险?

什么是流动?
说服……意味着耻辱;光是纪念,还到不了秋天

一些陈旧的发明,总能让人柔和
一些碎碟片,接着声援

浓雾

更深层次的抵抗。或者抽象屠杀的意义

2010.09.03

初始论

海底，小隧道
捎来的口信。不能以平方计算

那些被抽象化的直线
已经没有祈祷的余地

魔法变出巫术；至善至美的光

也不需要
符号里真实的含义

你说天真，他就野蛮；你说……你说
白蜻蜓借着石头的浮力，三两下就颠回了自己的世界

2010.08.03

本体论

一注光。深入
表情

这感人的音阶
既非独唱,也不是合奏

沿着空气分辨
雷达的孤独。大雁的优雅

水过滤时间
焦虑不是一种时代病,而是一部万年史

坠入谷底的上游
似醒非醒的看见

一只野蝙蝠。飞啊飞,以夜游的经验找到天堂口的
　方位
却——无力打开峭壁上的原油与钻石柔软的内心

2010.07.21

图像论

一辆运煤的老火车,一只长着油眼的鸽子
停在;金黄色的天空边缘;停在

滴答与滴答中

地平线如童年的跳绳
留守——

在一起。疏松的土质
还有可测的经纬线

多少次。追寻荒芜的清凉
在大海尽头与碎石尽头之间还有一条曲线

那是最后的工具——通过它!——衡量人体的柔软性

2010.08.14

深浅论

我说到水
木椅子变成枕头

历来

波斯湾的每滴海水都在流传炮火
比神话还要优美

一对伊朗情侣
在雨中旋转着花朵,不小心落出稚嫩的变声期

安拉,保佑——安拉——

2010.08.02

生命论

本源
病原

高塔前。我们看见水
竹筏上。我们看见水

萤火虫,飞蛾。正对着太阳
屏住呼吸。飞行的诡异

如少年杀人犯在掩面哭泣
"我不知过是太爱她"

铁匠铺里的火星一颤一颤
粘住河面

有种虚怀若谷的背景
先别去管灾难

眼前。浮云增长

流水不止。像两棵天边的树,越长越远

2010.07.09

景象论

白孔雀,老鸵鸟
于水中产卵。密度,可见

野蛮的云层
组合一种新的感觉

余震。海啸……

那样的风,那样的夜,那样的虫鸣都在背离故乡
还在想什么?谈笑间

风生水起——没人感应到地轴正一点一点变成滑轮

2010.07.06

现世论

眼睛打结
所有的习惯都在对比
一片叶子下,蟾蜍坐忘的深邃

望天,那是危房
蹬地,急需改建

铜铃的畅想也越来越单一
——风,……下。两片澄黄的茧

有了嫡传后裔:云手,子弹
他们越来越慢,慢到无法存在

他们越来越快,快到无法存在

2010.06.03

太阳论

太阳开了
水活了

不要忌禁
白雪公主到了加勒比海
或者成为阿姆斯特丹的一只流莺

把玩琴谱的节奏
比流水更快。唱——

你要想了解世界,就从我裙底的蕾丝开始
集中营,纪念日

有这么美妙吗?
拿去做梦吧

雁鸣;留白
怀念

最低,是童年——被好奇震响远方,被神秘封锁灯光
欲言

刚碰见的——声音
会弯曲

就被弓在树叶上的风刮进文明地带
另外的
记忆瓦解——

最后。走向教室的泪痕未干,在学会拼音的早晨

2010.09.13

一分为二论

灿烂,朽烂

我喊

蜂蜜,眼
粗盐,嘴

被赶上岸的波塞东醒来
找不到。身份……证——明

过去,未来。就在身后的丛林里
变成爱人

一起逃往黑色的远方;其实那是白色
一起滚下山坡,滚下暴风

在水里比一比,翠绿摇篮曲
——皱纹墓志铭

陶土里的夜明珠,就当是一粒尘埃抵住了八方
或者骑着野马

驰骋在圣战中,保佑每个敌人的头骨因我坚硬
无比

成为生动的河流,涌上来。在诗里最终和平透明……
一分为二的谎言
在夜里发着光,永久的——永久的发着光

2010.09.11

五月论

一条船在夜半看牡丹盛开
粗陶出上有着帝王的优越

明月；白发
青云；日暮

静谧的山尖，不喜欢言说
以前满铺着姑子庙；落叶

有一天，一场火，一场水
水深——火热。原始海洋

重筑大地

遍野的灾难是淡淡的花开
浅浅的哭声是八方的边缘

2010.05.17

自然论

蚂蚁最听话的触角——撞击
雷公丝

夏天的回音——会有看不见的褶皱；带着光滑与水汽
　　的比重

开天眼
穿透。

山与水的交融状态
是一次围剿人类的极佳机会。——谁曾哭过——

2010.05.15

辩证法

一管水银
还能剩下多少风吹虫鸣

不要问

小小缩骨术里
最寂静的尘埃
——如何回答朴素的辩证法

非生非死
非明非灭

倘若

人
人
都能缩身三寸
那些紧密依靠的房子

就会成为一种新的动物——上山，下水

2010.03.13

诗人应当学会乘鹤

我需要太多的荒蛮

远方的雷,爬上
石雕

一行行,一行行;质疑原始的符号
方。圆。奇。正——

花开拥花谢,风云停林间

这些因果;从心里说——死亡的裂口多么迷人
略带着残忍——俯视信仰与微笑

2010.03.01

第二辑

寂静之歌

天际之歌

河流啊
挡不住三两个音符的凄寒

那一尺崭新蓝印花布
悠悠颤动灯笼;漫天喜庆

倘若不能掘地三尺

便无法升华年关的含义
便无法分解天涯的残酷

而指缝里的时光,稍稍错位
就在五十年开外

这岁月啊——无情大过无声
不想

斜对角垃圾堆里的癫子
提着砖头,圣徒般守护五彩缤纷的领地

从不跟世人泄露任何
光线衍变——万物生成的奥秘

2010.02.14

立春之歌

这高春高耸
寒潮

汉朝——那朱砂,泥印,玉玺被墙上的小人
招扬一幕阵雨

轻松,舒适的抹杀
诸神们高贵的喜好——软弓拉开新月

太阳张开盐场。口口相传

有棵无形的树,从天上到地下
在唯一的汇合处

恐惧淬火。亿万年的惊雷
奔向未来

为了爱——
——再次拨开光之外的世界

2010.02.09

梵音之歌

借来七言,这半雪半晴
好到不能复制

母系氏族的雕像
一只白海螺

狠可能知道形而上学的奥义,但不了解拆迁

你舍身喂虎
我满脑子杀身成仁

却被日日拔高的高楼度化:你何必执意当下
自古以来,人类何尝不是在迁徙中

荒废;或。进化

2009.12.27

文明之歌

疾风,在冬天吹,吹坏朔风
一张山水画的候鸟

——中国。在通风管道中飞跃万重山的褶皱

剩下的棉籽,贫油;轻舟已裂
剩下的貂皮,淫逸;卫星定位

2009.12.20

轻烟之歌

青鸟,孤鹤
听出万丈雪。抖着,抖着
触手可及的冬天,长出棱角
又是一曲古意
江清寒侵人,月近水无声
不讲道理的雾花,飞越玄学的残酷
心知,肚明
金属的高光,就那么高调地唱
——梦中的死亡,多少场

2009.12.07

知己之歌

传真机里的田园牧歌
卷曲

四边形的爱情
一张洁白的床

一小块渍汁的糙点
纯属私有，政府文书啊

别多想，别多想

还得不停修正
典范的语法与伦理道德

还好，法令穿上隐形衣实在迷人
隐私变化花朵

花朵变成公众
一春默契盛开于黄河上游

听说——

半透明的蓝天上
我们的国度，我们的边界依然遥远

总在悲戚
青山常在,远树无枝

2009.12.10

猜想之歌

我们吃——老柿子树的红斑
在皱巴巴的果皮中找到

对立的命运

且天真的设想——,一滴残冰
一堆蓬草,是最亲密的爱人

在肃静中冥思
一生;就在一道明火中。打开胎衣的缺口

2009.11.21

寂静之歌

山崖,烟海
遗忘在前;这最为关键和重要

一缕光。经过层层反射
所剩下的纯粹,被简化。大冬天

一个娇滴女孩穿着蓝短裙走在五道口
一个跛脚老头抽打着头羊跑过上王峪

2009.11.17

呼声之歌

我呼喊,耳背。回声,一只死喜鹊
从积雪里裸露出尾巴,看

没人知道吧,死亡的寂静
一场高于一场。我握着黄铜

分别直流电与交流电的热量
唇语……大动脉跳动

关好门窗的房屋内,书页擅自兮兮作响
像是在祈祷——全能全知的神啊,让我发光

2009.11.15

隐居之歌

大逆光,风寒
鹤立于无生的世界

时间一下退回几亿年前,一切变得
新鲜而又单纯

无意中,广播里传出朝鲜半岛军火冲突的详细报导

2009.10.29

传阅之歌

单眼皮,望眼镜
长空当飞

那秋水已结冰,那光晕已模糊
一张明信片的爱意有多长?

天长。也无法穿过地幔的温暖
可有人见到这样的字迹——

我在梵蒂冈大教堂
给你写信

这一刻,壁钟定格在宁静与神圣之中

2009.10.31

光辉之歌

天鹅绒,小羊皮
带着胎儿;秋色已斑斓

红鳟鱼精致
印在选票上;到底是联邦制还是共和国?

从不带入穷人的色彩——

我站的地方,是高原,是海洋
就差一口气,就能吞下一片高空

噻,噻,噻,噻,噻哩嗦噻;嗬嗬

2009.10.27

众相之歌

到现在,还有拾荒者,还有惯偷
向紫色移动,一再
变成世间的触痛

光着身子满大街的疯子,有男女老少
跑啊跑。高山,流水就消失在光亮里

2009.10.04

幻化之歌

无言就是无声
无声就是无音

我们明显太快挥霍
说话的智慧,写字的天赋

当优雅,丑陋
过度到乳白色的汁液

不管女性也好,雌性也好,永远在
缠着真实,缠着老孔雀的感伤;——

远望,当归;这是
淬毒的匕首插入

墨绿色的沼泽,我有一个泥做的心
常常被流水消融

大喜
大悲

……每个物种的生长期

2009.10.11

霜白之歌

这硫,这守山人
这镁,这守水人
这碳,这守林人
这汞,这守城人
这钨,这守陵人
这铀,这守灵人

紧握温度计,炙热融化
誓言。蒸发悲痛之外的钻石!——时间密封着

2009.10.10

寒露之歌

病毒,臣服母性
花粉,还有空间

各种契约,各种战俘
各种相遇,各种巫神

追着水流祈祷。起来……起来

2009.10.08

天上大雨

双节之歌

月光烂在地上,发酵——
诺大的江山全是碎银所做。近看灿烂奢华

远看。……多可惜啊

君不见,掌灯的人已老去;无颜
君不见,一夜扫尽长安花;无灯

2009.10.03

无意之歌

飓风，静远；静
海啸，空灵；空
山川，飘逸；飘
河流，疑重；重
一切，一切；荒
造物，毁人；造
天快地慢

2009.09.27

无境之歌

明月前身,星光前身,前身
女娲前身,耶稣前身,前身
哈根达斯,姜汁可乐,可乐
炮火前身,孤岛前身,前身
没有前身。只有光阴深深抵达澄净

2009.09.29

悲凉之歌

水淹没你
淹没矿石
无数头大象的棱角
我们，吃肉，食素
每一种光都有一万种颜色
分裂一万种生命的唯一听众

2009.09.30

悲悯之歌

狠苦,洗笔的松节油
用在拐点上

天高
云淡。涸泽,雁落

懂得鸟语花香的人,每日都在窥见良心的溃烂

2009.09.14

秋风之歌

土生,土长。烈日,皓月
总在空中;三五朵云
融化雪山

野蛮啊,流水总在。给动物骨头做记号
剩下——
一株一株植物的增减。焕发我对世界的好奇

2009.09.08

八月之歌

当太阳被镂空的时候
我丧失了通灵术

夜色一次次从植物肉身抽取脂肪,咒语移动苍穹
这一次。

一定要
一丝不挂;这湛蓝的眼色

这婴儿——怎么就成了难民;现场之外,时间之内

泥土在分娩
颤抖的呼吸

2009.08.29

新泽西的大雨

就在东海岸
闪电把白天折回中国

外面的雷声、潮声从教堂的铜环里
迸射千里,在地面与地面的缝隙里

藏着。一面鼓,一支矛;一个人,一座山
正在明暗交界处——长久的。让爱变得更具体生动

2009.08.28

传说之歌

一个大洲,四面八方
一只丹顶鹤,吸收化石的柔韧度

海底在悄然升温,湛蓝的光
比 X 射线

更合宜边礁的繁衍……还有天然气、矿物质的生成

2009.08.10

远方之歌

风、雨、雷、电
在山尖尖上睁开眼睛

越来越多的孩子,对着湖水照镜子
看到了鱼缸里的尸体。透明

又是浴缸,一缕光泄露

浮游生物们的心律不齐
在海里炸开,先天性的

喜——;悦——没有郊外这个词

2009.06.16

气候之歌

过于文雅的兽骨
倦了,在子弹眼里。流沙

还有茧皮,形成对流气候
洁白的云也好,炫丽的云也好;无非是在观察

一个落日,一种疫苗

2009.06.11

盛世之歌

海上的足球场
挂上灯笼,就是唐人街

造飞机的孩子
等妈妈的孩子

从街头艺人的琴声中买来
纽约、巴黎、伦敦、佛罗伦萨

那是你的城堡,混合着内心
就如电线杆上的鸟,抓住凶猛

那一万伏、一亿伏的电
流
涌成问候

——如何对待陌生人

几乎是水声,明月、松间
也不用避讳少女的初潮

淌过膝盖以下的惊慌,要是能忍
就隐回东土大唐吧

2009.06.04

行吟之歌

循着气味
催款单俨然是中立的一方

哪是战败国呢？这个原则
不变

有人发呆，推窗望去
盘腿的杏树，腰间缠着青蛇

更有可能是石油
在中间给我们留下一个洞

让我们去探险，去幽会，甚至弥补密道
封死等待的期望——这一去太久

为了返乡的寂静，我提前测量
太阳的高，在中午与早上再加晚上

嘿。远——油轮
远——远离空中截止的紧急电报

2009.06.02

金币之歌

蒙着眼睛,月亮常常变着戏法
滑下萤火虫的光
摔下瀑布的随意

年复一年;白墙上的山水
都穿墙而去

慢慢地变成真的,修成真身
从尘埃中遁地远去

一张张清脆的古画,无价显然是太简单的标签

2009.05.15

封山之歌

小沙滩上,洪水豪迈
绷紧的蛇皮加速,不要掉下鲨鱼

莽原中,谁能
学会点石成金的脚步

独占
女人与小孩的最爱

用一点糖
换来痉挛——所有的肢体语言

所有的力量,低语
所有的力量,集中在痛尖之上

捅出去——

陪着死亡长大,然后看见苍山似海

2009.05.15

感动之歌

伸手抓住柳絮
就抓住白云

田野从山谷里游出来
食物链,又断了几个环节

时长,时短

我骑着山,奔跑。所有的蘑菇
所有的年轮,都在野炊

一些杂音的野心是什么?
一个人的野心是什么?
有什么

不明

树梢静止;深爱
塑料袋终日逆着光哗哗地生长

深爱……

一座凉亭,在冬天就有着风光的距离

2009.05.02

痕迹之歌

我看见飞雪
我看见归鸟

瞳孔是可大可小的寒冷
时间够,悲哀够

就要和声,千里
万年,母亲们神经紧张地看着

手里的野果
看着飞奔的野骆驼

一万种可能性,欢呼逼近山洪
跑,比速度更快——在太阳变硬之前

危险与兽性一起落入海底
成为我们蕴含的眼神

2009.04.22

行人之歌

海外
太阳也不是一个几何图形
被风一吹,为爱唱着祷歌的人就噙着眼泪

在水里提出宁静而又安详的离别

2009.04.21

孩子之歌

所有的自由
所有的真善美,所有的自由
所有的真善美

从一个孩子趴在地上若无其事的
画着线条开始

在世间。显现出孤独的大气

2009.04.10

行脚之歌

我们都在山上。松树,岩石飞起来
天边的云,有些恍惚

有人。无人
透明。隐形
千万年来,连花也开累

再无所求
——

香火的污垢,被风吹淡;一两盏灯的冷清始终无法划圆

2009.04.11

杀生之歌

浮生?根生?
胎生?湿生?

静静的,呼吸声。
这里满了,满了;只听见陶俑有折过的影子

在比划心灵净化的痕迹

2009.04.22

无野之歌

大雪
无形

一个人,了无牵挂
将春水散开

枯枝穿过雨水,小河

富庶的阳光,忽然冷下来,成为行云流水的背影
总会有人与时间无关;何况爱情

三两笔就将巍峨青山分开

2009.04.07

猜想之歌

无家可归的山谷对着穷途的河流
说——,起来,走

沿着光和时间的耐心,在比木筏还远的跑道里
一定不会,一定不会

分割、磨损
空气的洁净

基本上,万物苍生。不再有恐惧的初始
——泥或者人

2009.03.10

归属之歌

风声是水,岩石卧在苔藓上
天比山低

万径绝灭的灯火
荒弃的炼油厂

就像一对来世的爱人
相互把气息深深嵌入,投胎前

不要去打扰

来自本能的胆怯
慢慢地,慢慢地,打开眼前所有的景致

还包括,第一次在野外光着身子洗澡
被人看见的害臊

以及,压住童年惊慌的那一滩水

2009.02.04

第三辑

镜子中的雪景

元宵记事

记记流水账
钟是热的,大地是一片完整的裹尸布
如果我们的心无比透明
就会把死亡看得一清二楚
(并且还带着虔诚,还带着祝愿)
你会深深地爱着它,就像爱着自己的母亲

2008.02.22

根

我们要学会内心安宁
水流到天边,浇出一朵朵花

喜悦的泪水无须进入视线
风声已带动山林的寂静
搅着每一片泥土的光亮与洁净。是灿烂的

群山托着晚霞

砍柴归来的人儿
踩着石阶缓缓而下,在山谷里大声呼喊

"我爱上白云——
并不是奇迹"

2008.04.16

在山中

水里的鱼越来越少
云也开始驼背。弧度狠美

草无非是天空中的飞白
在所有的数据里找不到可以折断的工具

刀耕火种是柔软的,我们侧头揣摩生计
光圈可大可小,戒律可有可无

铁环滚动着,在时间中
失去约束

暴力——突兀起来;一层层死去的尸体
削平了山脉的庞大

2008.07.22

那一年

你悲什么
佛祖,天王老子

你苦什么
海龙王。土地爷爷

一个人疯了,他就很难死
绳子在矿井里放声歌唱——

把金子的棱角磨平
那都没用,那都毫无意义

感恩吧,感恩吧
不必

屏着呼吸认领自己的亲人
那未寒的尸骨啊

是不是要趁着春天——
把天捅破
 (重新长出面容,以便维持原始的秩序)
定期说说话

一定的,一定的

2008.03.17

无题

一张旧照片,童年的喜与悲整齐地打开
多年的时间

可能更长远,可能更长久
帛纸,竹简?石碑

——陨石是不是眼睛?

被命运带走的往往只有一种
不要对死者有所寄托——
更不能让他们撒谎,不要没有秩序的无知

不要——

我带来鼓与唢呐
我带来天空与大海

(事实上我只带来原罪)
不要去学会拜祭

母亲的痛

就是
每个有着人类痕迹遗址的罪

2008.03.19

起七

春天,生就生了,枯就枯了
运河多年来小心翼翼地走上岸

变成少女。
用香去烧石头影子

举起手来——指南,灾难

请原谅我,请原谅我的愚昧啊
因为不懂,因为不懂,实在不懂

忍耐,让眼睛生锈——
沉默。没有人

——人

是两支矛,彼此深入
无限大的罪恶——在光里

2008.03.29

问心

大悔——
门。切开晨光的边沿

把时间搭在广袤的铁链上
母亲与爱人

割开我混沌的眼帘
那空旷啊,
那世界之初啊,那沉重的十字架啊

和着我已无污垢的肉体
和着记忆——和着——原野上的青草

和着——
穷人的不安;和着——穷苦的简单

——和着。

沉默的压力;永远是
在无声中提高山峰的坡度

2008.04.10

沉默的舌头

沉默,我抓住它的咽喉
大风刮响佛号的夜里

什么人屏息聆听
云朵掠过常用的字眼

不曾发生的
哭声啊——无须练习

大海的灰烬在徘徊
不是水,不是火

是祈祷的力量
穿越了从古至今的美

2008.05.26

没有光,就发

天上大雨

壁画破了,纪念碑还在坚持什么?
从古至今

咀嚼声,和小草的哭声
一而再仰望苍茫

九重天啊,九重天。你简化了
多少生命

一个太阳也好,十个太阳也好
是星空胜过星星

在街道两旁插上蓝天、白云
扛着高古的仪式

那些远远的寒意。是最初的丧礼
在神圣中感到恐惧

壁画破了,纪念碑还在坚持什么?
从古至今

我们都只是一种祭品
随着大地起伏不断

2008.10.25

夜下山

风,狠响。结壳的松树
把灰蒙蒙的天。反锁起来

无底的海;也
成了穷山恶水

一只鸟,终于飞过来,身上还有浓浓的香火味

2008.12.08

中东流水日记

　　　　　　　　　　　　　　　　　　　　　　　天上大雨

一个人蹲着。战争不再是死亡的借口
一群人蹲着。大地与双亲血肉相连
所有悲痛、愤怒、死寂的力量化为乌有
所有人看着，看着，哭声是一件古老的艺术品

我们竟是如此绝对的拥有。和；炮火纯粹的坚决

对

毁灭与报应不爽的速度
远远超越了时空的流失

我们把生命摘下来；会通过光速回到没有杀戮的世
　界吗？

2008.12.28

时间之歌

栈道啊栈道
石头从山滚下来。找不到家

谁说"苦啊"
手指中插满竹签

那是可以长大的地球。是圆的
民国十一年的碑墓是圆的——老地主

为了让他们永世不再微笑
神说：

——要有光

童年就生机盎然
即便是一个绝望的悲悯者

2008.06.15

声音之歌

石经;如果零散
我们都要用手行走。必然的

倒立;一般是灵魂,语气在尊贵的
唤喊母亲,对,母亲

哪一片山林在移动?
远古中,这里没有人居住

骨头与肉,野兽饿死;小草的哀鸣
照样能让大地颤抖

2008.07.29

自然之歌

买,把大礼堂买走。足迹没了
买,把护身符买走。刑具烂了

买,把自由买来。神经兮兮
买,把时间买来。悲剧不悲

带不走的诺言——成为孩子们的墓园
终于哭声把海洋掀翻

被改写的历史,是曾经的激昂——无比
辽阔。强烈的风——刀枪不入

也平淡无奇;很久很久很久以前
祭祀与祈祷与人无关

2008.10.21

荒芜之歌

把水破开,旷野的呼声便从天上降下来
夹在袖子里的金属

总要迫使我们说点什么——说点什么
对着饿与舌头

生活才能完整

视力与听觉
直接插入金子的恐惧

没有人告诉你悬崖的痛苦
没有人告诉你那是一种抽象的优雅

再一次在羊毛上找到温暖的含义
回到娘胎里去,不见天日。只有跳动的

咒语;在山谷中抽打无人见过的原始地理

不要去解释——
我们痴谜大量的爱。看不出智慧

在完美地显现残酷;我们不屈的活着
太凄凉了

2008.12.11

本能之歌

把残暴带走
把行乞的人带走

战场上愤怒无比
再捣毁半个世纪的伟大

用刺刀去拼
用石头去砸
没有够硬的反抗

用绳子去捆住洪水
没有够长的绳子

我们站在山上
佛像高高低低

荒野
看见了母系氏族的火光

大兽,小禽
它们逃? 不逃——张大咽喉,也没有可用的音调
  降下来
到——骨层

2008.12.12

无声之歌

无善无恶
苏格拉底
都哭了

私心；使每个人都能大圣大哲

无悲无喜
这样的话
说得很真

谎言啊谎言

永远是——
铁打的

苍白就是独白。永远是
铁打的——尽头

苍茫就是浅滩

2008.12.22

镜子中的雪景

在寂静无声的镜子前
我总想藏住自己的无声无息

它不说话
我也不回答

把阳光从户外牵扯进来
你越无声,它就越温暖

就像我们在雪地上的灵魂,越孤独
痕迹也就越深刻
越能拉长铺天盖地的悲悯

如果悲悯是一种心愿,我想把它变成稀薄的空气

长久下去,世界对于我们还有什么意义?
我不知道,我们的生命是不是像水一样在火中
乞求死亡

2007.1.08

等待

从肉体的角度来说
人不可能永生

有一天,海会枯,石会烂
这仅仅是笑话,沉滞

大多数人的阴谋——
造反啦,世界末日啦

我从不吝啬对罪恶的歌颂
歌颂它也等于在歌颂自己
所有的事情一目了然,并不需要花费狠大的精力去
澄明

惟有孩子纯得
天鹅般美丽

苍茫大地,小草与泥土在词语里

通常看到
闲云带走野鹤

2007.01.23

一个神经病的朋友

一个神经病来了,我就该走了
树上的光是月亮,是太阳

额头随时等待毙命的时光
提防没用,眼睛长在后脑上没用

事实上诗人的游历经验
更适合于去当马贼

可以自由迂回灵魂的辽阔
对于此。道士、和尚就可以显示吃斋的福光

那些穷匮就是珍珠嵌在心脏中
时刻感觉到疼痛的光芒

晚风吹过,人和牲畜一起枕着大地的美梦
共同放弃生命。花开着
祥和安宁

2007.02.03

立春

呼风唤雨的春天来了,赶快抓紧时间

山中无老虎,我哼着歌
蜜蜂进入眼睛,飞在天上的是

清水,黄渠,绿秧

公元前,我的肉体,尚未成形
飘忽。被泥土捏红的石头

2007.02.05

道

窗外的风那么好,阳光鼓鼓的
噘起嘴唇

不需要五谷杂粮

云朵在池塘边。看见墨迹在移动
瓦片仔细聆听

失灵的幻术
龙飞凤舞地画下生殖器官

那么逼真不可抗拒地把我赶到人群中

2007.02.05

先知

忧戚的眼神在月亮中慢慢变圆
一个人从现在回到古代
把不顺心的地方按照自己的意思修改过来
岁月无关,历史无关
不再怀疑
成吉思汗的铁骑踏过耶路撒冷
在死亡面前
悲剧有大小之分吗?

车咣当咣当,是铁器在街道上
敲击着天空深处枯萎的柳叶
这个下午,不寻常
把拒绝的方式看成应承

门是开的,任何人都可以从这里进进出出
总是一个神圣的地方的居民
早早地习惯战争
人和屋子里冒出的烟火
被偶遇的人们
随意变出大地和花朵
回声一口口
把旧年历换成新年
而本色越描越红
恰恰是每一个夕阳都能无限地
把死亡逆转

2007.02.11

过年

墙上的小天使
恬静地听着

厨房里很多蚂蚁聚集在一起的脚步
水管在忙碌地漏水

一柄秃毛的牙刷,一管空的牙膏
整齐地排在瓷砖上面

没有修理的胡须是荒寂的
空,海阔天空

一个孩子咬着指甲
光是软的
把诅咒反弹回去

唤醒沉睡的天空
坚决大声歌唱

卖,卖,卖,卖掉犹太人的信仰

2007.02.20

幻听

蝴蝶很朴素地穿过春天
厚厚的棉袄放在风沙上
水很甜
酒也很甜
青花瓷上面的鸟
闭上眼睛
胎儿跳动的声音
在月明星稀中变形
那是灵魂在归宿
我站在园子里

海很甜
天也很甜

2007.04.18

回乡记

纸张包着小人
我在海水中洗米
旁边的男人告诉我
回到原始社会
所有的东西都会变成爱情

2007.04.20

幻觉

没有一个围观者
说：
"饿了
岩石中的老虎，草底下的蚯蚓
满世界飞奔"

就如我隐喻的部分痛苦
在隋唐的舍利塔中四面八方迎接香客

2007.04.21

让我一个人去看看卡夫卡

让我一个人去看看卡夫卡
让卑微的生命留条缝隙
让我带去中国最古老的丝绸
让我看到一张嘴微微苦笑
在他与我之间
默默传达痛苦的尊严

2007.06.02

北方的夏天

我知道夏天来了
我相信天空没有亲人

众多孩子一直在画爸爸妈妈
不安分的倦容爬上黄昏的尽头

月光是最适合用来忏悔
泪水是白色,悲剧是白色,丧事也是白色

我在教堂里看到祈祷的光
古老的人类啊

为什么总把死亡当作遗传的手艺

2007.06.20

守灵的眼睛

天亮了。眼睛
在守灵

挂在时间里

应该闭目养神一小会儿
不要让大地上日益光亮

不要让叫喊声再回来游荡
厌世的情绪

饱满
每一滴水珠的圆润

熟透的果子迟迟不肯落下
究竟在等待什么？快闭上眼睛吧

蔚蓝的天空，是唯一一场过去式的死亡

2007.06.21

我要用黄金炸开蔚蓝的天空

我要用黄金炸开蔚蓝的天空
属于我的群山、湖泊

找到自己的时间
在枯萎的树干里

石头完整地肢解了整只兔子
此刻。我手里是一片云,离太阳很近

不要与人谈话,打磨出工具
野蛮的力量
不再是两个现实主义者的对话——

"拥有万年的死亡经验"

2007.07.19

我要进入一座岛屿

我要进入一座岛屿
焚烧婴儿原始的哭声

一个个刺字的果子
折迭成僧侣

不重复每次避难的理由
他们挥动拳头

春天已经死去,冬天已经死去
用手削去树木的轮廓

一再削弱
失声的洞穴
没有可以选择的生命,厌倦整个人类

奔跑中
用肉体竖起墓碑

2007.07.20

风吹不出任何声音

天上大雨

我在写生
真实是大地唯一的恐惧

一盏灯,照亮丧事的排场
不要在哭声中寻找温暖
死者的面孔那么美好

陪葬的纸,陪葬的纸被石头夯实
沁出盐味

(名字从盐水里捞出)
空出一条道路。

石头被墓碑寄予另一种生命
有意无意地搅动浮云。光

剔除肉身之外的痛苦

2007.07.23

异域

一个非洲的小孩,他走。走到中国的海边
他想骑马
追着云彩。看;看屈原沉河,李白流亡,杜甫放逐
他微微一颤,不懂死亡的热情
只想把山劈开。找出一个年纪相仿的女孩
抓蝴蝶;可他不知道爱情的底限
上帝在张望——双亲在家乡
他学中文在唱,唱
两个黄鹂鸣翠柳,一行白鹭上青天
(世上只有妈妈好)
这些歌声与风声演示旷野的大慈大悲
我们被生命野蛮集中在灿烂的祭祀中
膨胀。生殖死亡

2007.07.25

虚伪的人生

当沙子堆积到天上
石头组合

每个人的邪念
都在抵消肉体的纯净。不需要磁性

为语言立一个鼎
当然是铜制的身体,并且赤裸

最有力量的统治者

唤回树的原型
唤会悲剧的完整

野兽跳起来,跳到苍穹上去
这绝对不是虚假——

星星。愤怒的歌声
从不歌唱我们的良心

2007.07.28

第四辑

在空中

幻境

一个病女人抱着宣纸,打瞌睡
鱼胆是一滩很浓的焦墨
没有人能改变渗入纸里的苦
没有人能改变一丝丝希望在笔锋中抖动
成仙的道人
抓住了电杆树,抓住了稀有金属
抓住了残酷的消息
抓住了海底的回音
最后,在眼皮里抓住了
以慈悲为本的绝望

2007.08.07

残缺的墓园

我坐在落日下
一管箫返老还童
说我太早地衰老
我对自己说
老好。老就是好
说着说着,就与过去的人,过去的事
背对背地消失
我们之间张开一条秘密的通道
身后的空虚,由寂寂的明月反复舞动
急于摆脱墓地的清风填补
石碑站在那里,像个过来人
淡淡地告诉我
生与死的一切,你仅仅是个策应者

2007.08.20

中元节

时间是我的朋友
死亡是我的亲人

烧纸的人
朝着远方的寺庙叩头

那些状元郎到目前为止都不读书、识字
卖胭脂的姑娘经常半夜偷偷跑到城外听人唱戏

假设这里有个瞎子,还有情敌、票友、小姐、客栈
假设这里有场悲剧,需要死者化解。真的

那身份是什么?
一个现代的我当然不能去击鼓伸冤

不能用血洗雨
大雪纷飞的时候,梅花让寒冷晶莹剔透

我们哭,把痛哭哭到无声中
山脉;河流才有息息相通的生命

2007.08.27

剃度（一）

他们说我脸上已经从伤悲变成慈悲
这句话很简单；太阳与月亮在我眼里多年
照暖苍白的心灵。孤零零地坐在天上啊
我所知道的是无能为力
我对生命的领悟啊。为什么仅仅停留在死亡上

2007.08.30

剃度（二）

秋天很快就老了
天也老了，大地是个逆子

路上的人紧跟着迷失方向
没有十里长亭；没有古道；没有残柳
最重要的啊。是没有母亲——是没有母亲

我们就不会说谎——就不会说谎
部分的是我们把父亲杀死
部分的是我们把母亲杀死

看见赤身裸体
看不见人群

满天的白云也无法回避
水呀，水呀。你快把天空淹死吧

2007.08.30

在空中

听说你开天眼了
把指甲拔下

颤栗了风
我们要在耳朵里穿行,不是虫子,不是鱼

你要路过一个寺。或者庙;就停下
树就变成人。军队在身后

旧式的武器最好
眼睛勉强够用;不在乎血液多少

单单是一片夕阳就把你千刀万剐
多一刀,少一刀
在你亲人身上寻找

那身上的伤
至今还在死亡中精力充沛

2007.08.30

重

天上大雨

垂直；死亡
仇恨从管子里走进大海

我们要在里面叫喊；大声叫喊
把肺、肝、心脏喊成一枝枝逃亡的花

树在岸边。珊瑚在身上
极其自然地浮在碎瓷器上。时间被割伤

还有砚台，黑的不是乌贼。眼睛
是一种耻辱

看不见炮弹

母亲乳房上的阴影
已经把棺材摆在祠堂里

我们为什么不爱——爱。看不到
爱；爱；爱。这个世界的一切

2007.08.30

靖边

窑洞的尽头，苹果，枣干死
甜。挂在树上

风。最容易反复患上健忘症；就像沙子
自古以来，多少将军战士的厮杀

在纸上被搬成辞典
战争只是一个很小的细节

白色的布裹着雾
石油快要被挖完，那就挖土豆
用铁锹。一个又一个山头

黄羊与鱼的骨头堆上水边
他们不是邻居，却那么亲密。远远胜过

一对孪生兄弟死后的亲近

2007.10.27

读朱奔

刈草的姑娘把眼睛放在放大镜上起火
晌午，没有遮阳的鱼
坐在刘海的影子下
一时间忘记缝补浆洗的温暖
凫水的鸭子从写意的水墨画中
养成翻白眼的习惯
从纸面上带入生活
塔在众多旅客中找不到共同的话题
风声从脚下掠过
塔尖以上的空洞越来越明显
我尝试跟你对禅
顺便把癫狂的疾病根除
言者无意，听者有心
交流中，你占据可有可无的位置
我把自己置之度外
牵挂便成了孤独的理由
在两条不相及的并行线上
痉挛般地抽搐

2006.04.20

麻风病

有种种说法出乎意料之外
麻风病,现在在哪掘地三尺
寻找病人的签名字迹
断壁残垣的时候重温小学所背诵的诗句
国破山河在
依然是初夏,鸟如同身上的痱子
从手上游离到脚上
应该请出一个画家
如实地记载
机器准确无误的使笔对纸张有很大的偏离
变形的构图中
你看,天空开始换季
我们应该脱掉衣服
用火把点燃砂子
装在细腻瓷器里面
小心翼翼地吐纳
假装以毒攻毒
避免被集体活埋

2006.05.09

记事

鱼美,水生动
细细包好燕子的骨架

咳嗽声如佛如禅

也该打扫院子
虽然没人用水清洗雪花

寒冷的冬天

鱼,美人鱼
鬼,水中鬼

灯笼里的眼睛
活生生饿死

2006.06.19

罗马传说

我从离开家乡起,罗马
大片大片的云

在一塘浑水中与蝌蚪打架
我从花园里偷来情人

把山脚下的石头搬上山顶

飞鸽传书的时候,看见梵蒂冈城上
雪球大,太阳小

风把我们卷得血肉模糊
很多人还在撒盐,诅咒
婴儿噙着乳头

2006.07.18

三五个人

天上大雨

巷子的尽头连接一群
安居乐业的虫子

大清早,鸟在笼子里
马在吃草
有人在问:"大姐,信基督吗?"

我重新回到停顿过的住处
小孩站在土里洗澡

水和泥沙都在流动
顺势封堵漏水的泉眼
在下雨天,背离自己的良心

揭开瓦片,(古朴)的声音
像摩擦的两具肉体
戛然停止

2006.08.12

耶稣

我们用黄豆磨豆浆
铜矿无煤,煤矿有铁

钉子钉在墙上
用事实说话

哦上帝,耶和华
女人的乳房在异地开花

他们给你钱

2006.08.19

墓志铭

1.

我从来没有如此安静过
我从来没有如此地爱过这个世界
最主要的是祖坟
如此熟悉

生命的逆时针方向

2.

遥远的人群在天国
捧着未上釉的碗
捧着卷轴
在水里脱完衣服
一两个随心所欲的动作充满力量
顺流而下的水花飘着
法老的诅咒——
我看见了昨天；我知道明天

3.

一盏，马灯；一个，鱼抓
那是父亲的遗物

年幼的我曾经用这两样道具
杀生无数
如今开始忏悔
那不是我的本性

2006.09.01-09.05

疲倦

为了弥补
我经常入定一般看着远方
念叨一下午
以前的照片怎么就那么容易褪色
以至现在过于迅速地老去
昨天还是昨天
现在想想,除了头顶上飘着些许
历经大喜大悲的祥云之外
我所剩无几,包括罪孽
包括生命

2006.09.23

行走

一个疯子,看看天空,看看地面
他有痛苦,很显然
天大地大
也找不到合适的理由
替他悲伤
可事实上我也想把整个世界拱手相让
不属于未来,不相信现在

2006.09.24

看徐渭

这么多年，我们一直是一对失散的兄弟
彼此音讯全无
都感觉内心受到伤害
把历史关在门外
两个人就在房间里打斗
从早到晚，遍体鳞伤
这不是开玩笑，也并非分家产
祖国那么大
水田草原，你挑走
沙漠雪山，归我
但有个问题必须得先说清楚
你不能控诉我
也不需要愤世
我们应该象常人一样
喝酒，聊天。做告别仪式
把所有的心事抛在脑后
借酒发疯、行凶，已经没有温顺可谈
也不存在暴力——
四季的交替变换是我对世界的无比厌倦
目所能及的罪恶是我对母亲的无比缅怀
我不是真神阿拉的孩子，再说一遍
我不是真神阿拉的孩子

2006.10.01

中秋月

远方的人有些懊恼
黯淡的教堂里,时光岁月仿佛一下子老了

十字架注视月光
心里空空的。没有人陪着聊天

于是改变信仰,数着念珠

眉清目秀的孩子,蕴含着佛性
奶瓶在地上滚动,远远地

远远地,向你套进
无限接近死亡

2006.10.06

兑换

城墙可以兑换成土
陶器可以兑换成火
酒可以兑换成水
森林可以兑换成木
货币可以兑换成金
金退还成金
金退成木
木退还成木
木退成水
水退还成水
水退还成火
火退还成火
火退还成土
土退还成土
而每一次兑换与退还都深深地磨损
大地的每一个肉体
不出意外
我们将用福音书兑回尊严

2006.10.07

战争过后

一个人到了冬天就会不厌其烦地想起
相关的秋天、春天、夏天
这些都很平淡
阳光浮在水面上,我们对自己不再
充满信心地反抗
声称在宣誓的时候不应该把
右手举起
彻底保持沉默
我们有权拒绝
古老的手艺,如打铁

2006.10.13

深夜

如果仅仅是读帖,可以是灵飞,可以是黄庭
蝴蝶是黄色的,蝴蝶是白色的,蝴蝶是黑色的
平静地说
梦游也好,巡逻也好。伟大的星象大师
总希望春天的竹子,秋天的玉米里面
发现一些残缺的简谱
发现废纸,烂铜,烂铁
等饿死的时候,找个理由应对
书生误国,红颜祸水
有多少争论,就有多少杀机
我站在历史的源头,居高临下
看见的全是残忍的眼睛
稍有疏忽
一丁点仁慈就并发天下大乱

2006.10.30

马头琴

用刀片切开长长的伤口
悲伤是一个没有年纪的小孩
在时光中隐瞒已久
把死者的领土一次一次地提高
我有些神经过敏
不停地估量战役的结果
——总是存活者赢得不安的回忆
远远超出女人带来的快感
就连祈祷的力量都消失在勇气之中
"主啊,你让我选择"
选择远古的荒漠
喝水与行走的压力会让我
忘记宗教,忘记生命,忘记信仰
忘记一切伤痕累累的屠杀

2006.11.25

记忆

城市像章鱼样
向空旷的处女地
伸出长长的腕足
最后一片田
已被轰隆的工厂
蔽目的大厦占握
风筝只能高高地
挂在记忆的枝头
星星在很久以前就被
张牙舞爪的都市之子赶跑
每条街都装满了路灯
永远都变成了朦胧的
黄昏景色，日后
孩子们认识星星和月亮
恐怕是在巨型的广告牌上
最可怕的是
有一天
他们在地上随便画个圆圈
指着告诉我们——
这是太阳

1996.04.03

图书在版编目（CIP）数据

天上大雨/白木著. —北京：中国青年出版社，
2016.9
（差别诗丛）
ISBN 978-7-5153-4481-2

Ⅰ. ①天… Ⅱ. ①白… Ⅲ. ①诗集—中国—当代
Ⅳ. ① I227

中国版本图书馆 CIP 数据核字（2016）第 221495 号

丛书策划：王原君
责任编辑：彭明榜
书籍设计：胡力求　林业

中国青年出版社 出版 发行
社址：北京东四 12 条 21 号
邮政编码：100708
网址：www.cyp.com.cn
编辑部电话：（010）57350506
门市部电话：（010）57350370
北京科信印刷有限公司印刷　新华书店经销

889mm×1194mm　1 / 32　5.5 印张　113 千字
2016 年 9 月北京第 1 版　2016 年 9 月北京第 1 次印刷
定价：25.00 元

本书如有印装质量问题，请凭购书发票与质检部联系调换
联系电话：（010）57350377